TUCAN

Los vestidos de Pancheta

Ricardo Alcántara

Los vestidos de Pancheta

Ilustraciones: Gusti

edebé

© Ed. Cast.: edebé, 2006
Paseo de San Juan Bosco, 62
08017 Barcelona
www.edebe.com

Directora de la colección: Reina Duarte
Diseño gráfico de las cubiertas: César Farrés
Ilustraciones: Gusti

2.ª edición

ISBN 978-84-236-7943-0
Depósito Legal: B. 15269-2007
Impreso en España
Printed in Spain
EGS - Rosario, 2 - Barcelona

Para Montse Tobella.

Había muchas, muchísimas cosas que Pancheta no entendía. No entraba en su cabeza por qué debía usar siempre sombrero, vestidos negros y peinarse con gomina para que el cabello le quedara tieso. Era la única en todo el colegio que vestía de ese modo.

Hasta que, un buen día, decidió preguntárselo a Úrsula, su madre:

—Mamá, ¿por qué tengo que ir vestida así, diferente al resto de mis compañeros?

—Cariño, es que tú eres una bruja, y todas las brujas debemos llevar este tipo de traje —le explicó.

Aunque Pancheta la escuchó atentamente, y pese a que estuvo un buen rato pensando en ello, siguió sin entenderlo. Así es que decidió hablar con Honorato, su padre.

—Papá, ¿por qué las brujas tenemos que ir vestidas así?

Honorato palideció. Solía sucederle cada vez que su hija le hablaba de esos temas. Es que él, antes de enamorarse perdidamente de Úrsula, pensaba que las brujas sólo existían en los cuentos.

A partir de entonces comprendió que las brujas eran tan reales como los helados de chocolate, los espaguetis y las pizzas. Pero él sabía muy poco de ese mundo mágico, pues a Úrsula no le gustaba hablar de ello y ni siquiera en sueños le confiaba sus secretos.

Honorato aspiró hondo. Como no le gustaba dejar a su hija sin una respuesta, salió del apuro lo mejor que pudo:

—Verás... Si llevarais bata blanca, pareceríais médicos. Si os pusierais un traje de rayas, pareceríais presos. Si os colocarais un mono, pareceríais personal de la limpieza... ¿Entiendes? Por eso vais de negro, para que no se os confunda.

Pancheta, creyendo que por fin comenzaba a ver las cosas claras, pensó: «Lo que sucede es que las brujas somos especiales, diferentes a los demás».

Esa idea la dejó seria, pues ser diferente al resto tenía sus inconvenientes, bien lo sabía ella. A veces, cuando iba por la calle, algunos niños le gritaban «¡Bru-

ja!», y luego se escondían. Otros, al verla, se asustaban. Algunos no querían jugar con ella porque la veían demasiado rara.

—Ser diferente es una lata —dijo Pancheta, convencida de que estaba sola y nadie podía oírla.

Pero su madre, que en ese momento pasaba por allí, la oyó.

—Es cierto, pero también puede tener sus ventajas —comentó Úrsula, y siguió su camino.

Pancheta, a quien jamás se le había ocurrido algo parecido, comprendió que su madre le había dado una buena idea: «Si tiene sus ventajas, debo aprovecharlas», planeó.

Guiada por esa idea, la pequeña se presentó en la escuela sin haber hecho los deberes. Entró en la clase sonriente, feliz de ser especial. Al cabo de un rato, la maestra le preguntó:

—Pancheta, ¿has hecho los deberes?

—No —respondió ella, tranquila y segura.

—Ah... Me gustaría saber el motivo —dijo la maestra, y respiró hondo para no perder la calma.

—Es que soy una bruja y las brujas no los hacemos.

—De eso nada, pequeña, tú debes hacer los deberes como todos los demás —le recordó la maestra muy seria.

Para que no lo olvidara, le puso un cero.

Pancheta se quedó pensativa. Resulta que, ante los ojos de la maestra, ella era una más y debía trabajar igual que sus compañeros de clase. «¡Vaya, ahora sí que no lo entiendo!», se dijo.

Pero, al cabo de un rato, se le ocurrió una idea. Y aunque Pancheta era muy modesta, le pareció que era una idea fantástica. «Si soy como los demás, mi padre no podrá negarse», pensaba ilusionada.

Tan pronto llegó a casa, se acercó a su padre y le dijo:

—Quiero que me lleves a la escuela en coche, igual que hacen los padres de los demás niños.

Y Úrsula, que tenía la habilidad de enterarse de todo lo que sucedía en la casa, la oyó. Parándose frente a su hija, le recordó:

—¡Cómo se te ocurre, Pancheta! Debes ir montada en la escoba, como lo hago yo. Por algo eres una bruja.

Pancheta no abrió la boca, pues estaba echa un lío. No sabía qué pensar, ni qué decir ni cómo comportarse.

Dio media vuelta y fue a encerrarse a su habitación. Sin pensárselo dos veces abrió la libreta y comenzó a hacer los deberes. Al menos así la maestra no se molestaría con ella.

Al día siguiente, antes de salir al patio, la maestra pidió a sus alumnos que se callaran un momento. Entonces les dijo:

—Pequeños, estáis de suerte. La semana que viene iremos tres días de colonias.

Todos sus compañeros lo celebraron con entusiasmo. Se abrazaban entre ellos. «¡Qué bien! ¡Nos lo pasaremos pipa!», decían, y chocaban sus manos dando muestras de alegría...

Sólo Pancheta continuó sentada en su asiento, sin ni siquiera mostrarse contenta. Es que no sabía si las brujas podían ir de colonias, al igual que el resto de los niños, o si debían quedarse en casa como si estuviesen castigadas.

Cuando sus compañeros callaron, ella se atrevió a preguntar:

—Señorita, ¿yo también podré ir?

—Claro —respondió la profesora.

Entonces, también ella se alegró y celebró la noticia. «¡Qué bien! Ahora sólo falta que mis padres me dejen», pensó.

No veía el momento de llegar a casa y preguntárselo a sus padres. Pero, precisamente aquel día, las manecillas del reloj parecían avanzar con más lentitud de lo habitual.

Pancheta lamentó no conocer las palabras mágicas adecuadas, de lo contrario las hubiera hecho girar a gran velocidad.

Cuando por fin sonó el timbre de salida, la pequeña bruja se marchó apresurada, montó en la escoba, y veloz se dirigió a su casa.

Al llegar, fue rápidamente al encuentro de su madre.

—Mamá, todos mis compañeros van de colonias. ¿Yo también puedo ir? ¿Me dejas? —le preguntó.

—Alto, jovencita, no vayas con tantas prisas. Dime, ¿cuántos días iréis y quién os acompañará?

—Iremos tres días y nos acompañará la maestra —le explicó Pancheta.

La bruja se lo pensó un momento. Luego respondió:

—Tendrías que comentarlo con tu padre para saber si está de acuerdo.

Temerosa de que pudiera suceder lo peor, Pancheta corrió hacia el jardín y, acercándose a su padre, le preguntó:

—Papá, ¿puedo ir de colonias?

Él, como tenía por costumbre, respondió:

—Tendrías que comentarlo con tu madre.

—Pero si ella me ha dicho que lo hablara contigo —protestó la pequeña bruja, mareada al sentir que la hacían dar más vueltas que a una peonza.

—Ah..., pues... claro que puedes ir —afirmó su padre.

—¡Qué bien! —exclamó Pancheta, feliz por haberse quitado de encima los temores y las dudas.

Estaría tres días fuera de casa, así es que debía pensar muy bien qué necesitaría llevarse.

Como no podía ser de otra manera, su madre la ayudó a preparar la maleta. Pusieron tres vestidos negros y remendados, dos sombreros negros y puntiagudos, dos pares de zapatos negros y con hebilla, una muda de ropa interior para cada día, dos camisones negros y largos, la escoba voladora…

—¿La escoba también? —se sorprendió Pancheta—. Pero si no cabe en la maleta.

—La llevarás en la mano. Una bruja jamás descuida sus obligaciones, y tú debes

practicar el vuelo un rato cada día —le indicó su madre.

—Vale —aceptó la pequeña.

Aunque la espera le pareció muy larga, por fin, llegó el día tan señalado. Todos los niños se reunieron en la clase y juntos se dirigieron al autocar.

—Mirad bien vuestro equipaje. No os dejéis nada —les pidió la maestra.

Pancheta cogió la maleta con una mano, la escoba con la otra, y se unió a la fila que formaban sus compañeros.

La pequeña bruja tenía una duda, pero no encontraba el momento de aclararla. Al pasar junto a la maestra, aprovechó la ocasión y le dijo:

—Señorita, ¿yo viajaré en la escoba?

—¡Cómo se te ocurre! Irás en el autocar, como todos tus compañeros —respondió la maestra.

—¡Ah, vale! —respiró aliviada la pequeña y, tras dejar el equipaje, subió al autocar con una sonrisa en los labios.

Tuvo suerte, pues fue de las primeras y pudo sentarse junto a una ventanilla. El asiento contiguo lo reservó para Isabel: le apetecía hacer el viaje junto a ella.

Sin lugar a dudas, Isabel era su mejor amiga. Era la única, en toda la clase, que no la miraba como un bicho raro. Era la única que se atrevía a compartir con ella su merienda, aunque los bocadillos y pastelitos que llevaba la pequeña bruja le resultaran bastante raros. Era la única que no le pedía que le enseñara un conjuro para aprobar los exámenes…

Al subir al autocar, Isabel la buscó con la mirada. Al verla, se acercó y se sentó a su lado.

Pancheta jamás había viajado en autocar, así es que miraba para un lado y para otro con alegría y emoción. Estaba tan impresionada que no paraba de hacer comentarios. No era para menos: ella estaba acostumbrada a ver el paisaje desde arriba, volando por encima de los árboles, montada en su escoba, pero al verlo desde la ventanilla del autocar cambiaba tanto que no parecía el mismo.

—¡Anda, desde aquí las personas parecen más grandes! ¡Y puedes verles todo el cuerpo, no sólo la cabeza! —exclamaba.

Aunque Isabel estaba acostumbrada a las rarezas de la pequeña bruja, no por

eso dejaban de sorprenderla algunos de sus comentarios.

Llevaban un par de horas viajando y comenzaban a sentir la barriga un poco vacía, cuando la maestra indicó:

—¡Mirad, mirad, hemos llegado!

El sitio era realmente bonito. Había muchos árboles, un río muy grande, una plaza con columpios y toboganes, flores, patos, pájaros y un grupo de cabañas de madera, que era donde ellos se alojarían.

Pancheta e Isabel lo echaron a suertes. Isabel se quedó con la litera de abajo y la pequeña bruja, más acostumbrada a las alturas, eligió la de arriba.

Puesto que la comida estaba preparada y todos tenían hambre, se dirigieron en un santiamén al comedor. Al terminar deshicieron la maleta, tuvieron tiempo de descansar un rato y, a media tarde, se presentaron dos socorristas.

—Ya podéis ir a bañaros. Nosotros estaremos allí para echaros una mano —dijeron, en tono amable.

—¿Qué? ¿Os apetece? —preguntó la maestra.

—¡Sí, sí, claro! —exclamaron todos, pues nada les ilusionaba tanto como darse un buen chapuzón.

No había tiempo que perder, así es que se dieron prisa en cambiarse. Una se puso un bañador con flores, pues era el que mejor le sentaba. Otro aprovechó para estrenar las bermudas que le habían regalado. Una se puso un biquini rojo de rayas y preguntó presumida:

—¿Qué tal me queda?

Sólo Pancheta continuaba igual, con su vestido negro, su sombrero de pico y sus zapatones con hebilla.

—¿No te cambias? —le preguntó Isabel.

—Es que las brujas no usamos bañador —le respondió Pancheta.

Isabel se quedó muda de la sorpresa. Por fin, consiguió preguntar:

—¿Por qué?

Pancheta meneó la cabeza, pues no conocía el motivo.

Cuando la maestra se enteró, fue en busca de la pequeña bruja y le dijo:

—No puedes ir al río con ese traje tan oscuro. El sol está muy fuerte y no soportarás el calor.

Pancheta la miró en silencio, profundamente apenada. No quería quedarse encerrada en la cabaña como si hubiera hecho algo malo, le apetecía ir al río junto a sus compañeros.

La maestra no sabía qué hacer, hasta que se le ocurrió una idea. Entonces, con gesto divertido, le comentó a Pancheta:

—Puedes quitarte el vestido e ir en ropa interior. Sólo estaremos nosotros y los socorristas, nadie se espantará por verte así.

—¡Vale! —aceptó la pequeña bruja, contenta pues se había solucionado su problema.

—Te esperamos en el río —dijo la maestra, y se marchó.

Los demás niños fueron tras ella, impacientes por meterse en el agua.

Pancheta se quitó el vestido y, tal como le había propuesto la maestra, se encaminó hacia el río en ropa interior. Se presentó ante los compañeros con sus braguitas negras, que le llegaban por debajo de la rodilla, y con una camiseta, también negra, de manga larga y cuello cerrado.

Al verla vestida de ese modo, los demás niños no pudieron aguantar la risa.

—Pancheta, ¿crees que vas a una fiesta de disfraces? —exclamó el más bromista.

¿Qué pasa? ¿Tienes miedo de resfriarte? —se burló otra niña.

—¡Bueno, ya está bien! —dijo Isabel, saliendo en defensa de su amiga.

Aunque la pequeña bruja era muy rara, no le gustaba que se metieran con ella.

—Siempre se ríen de mí —se quejó

Pancheta—. No me ven como una compañera más.

—Es que tú tampoco te vistes ni te peinas como nosotros. Es difícil dejar de verte como una bruja —le recordó Isabel.

—Ya... —suspiró Pancheta, bajando la mirada.

Tratando de ayudarla, Isabel le propuso:

—Tengo otro bañador, si quieres te lo presto.

—¡De acuerdo! —aceptó la pequeña, sin darle demasiadas vueltas, pues era lo que más le apetecía.

Se encaminaron a la cabaña, Pancheta se puso el bañador y juntas regresaron al río.

—¡Oh, estás muy guapa! —exclamaron los niños al verla.

—¿De verdad? ¡Qué bien! Con las prisas ni siquiera me he mirado en el espejo —comentó la bruja, satisfecha.

—¡Vamos! —le dijo Isabel, y le tendió la mano.

Entonces, andando lentamente, se metieron en el agua.

Pancheta avanzó unos cuantos pasos y, tal como hacían sus compañeros, también ella se zambulló. Al notar el abrazo del agua se sintió tan a gusto que se hubiera echado a reír. «¡Esto es fantástico!», pensó.

Salió al cabo de un rato, con el cuerpo y el cabello empapados, y se tendió al sol.

Así, con los ojos cerrados, reconoció que era feliz. Tanto, que no se hubiera movido de allí; que hubiera hecho un hechi-

zo para que el tiempo se detuviera; que ahora se sentía una más del grupo, igual a sus compañeros.

Muy a su pesar, oyó que la maestra decía:

—Pequeños, hemos de volver a la cabaña y prepararnos para la cena.

Pancheta no tuvo más remedio que abrir los ojos y echar a andar. Acompañados por los socorristas, se encaminaron hacia las cabañas.

Todos menos Martín y Alberto, que se escondieron entre unos matorrales para no ser descubiertos.

Desde allí, observaron alejarse al grupo y entrar en las cabañas.

Convencidos de que se habían salido con la suya, sonrieron satisfechos y se guiñaron un ojo en gesto cómplice. Sin más

demora, y llenos de entusiasmo, entraron nuevamente en el agua.

—Veremos cuál de los dos llega primero a la otra orilla —apostaron.

Tanto le habían dicho que el bañador le sentaba muy bien, que Pancheta quería verlo con sus propios ojos. Así es que, tan pronto entró en la cabaña, se plantó frente al espejo.

Pero, al ver su imagen reflejada, tuvo tal sobresalto que palideció. Sin las ropas negras, sin el sombrero y los zapatos de hebilla, con la melena despeinada y llevando bañador, no parecía la misma. Lo peor de todo es que ni siquiera parecía una bruja.

De pronto creyó entender por qué las

brujas debían vestir siempre igual.

Tuvo tanto miedo que corrió a esconderse. Se metió en el lavabo y cerró la puerta.

Estaba convencida de haber hecho algo muy malo. Se decía que nunca tendría que haberse quitado su traje, ni el sombrero ni los zapatos, que por culpa de eso había perdido su aspecto de bruja y, seguramente, también sus poderes.

«Nunca más podré montar en la escoba, ni aprenderé a hacer hechizos, ni conseguiré ser como mi madre», pensó apenada.

Nunca hubiera imaginado Pancheta que, en su cuerpo menudo, pudiera caber tanta tristeza.

No tenía ánimos ni para pensar en algo agradable, ni para hablar con los demás,

ni para salir de su encierro. Hasta que las voces espantadas de sus compañeros la hicieron reaccionar:

—¡Socorro! ¡Socorro! —pedían.

—¡Martín y Alberto se han metido en el río y se los lleva la corriente!

—¿Dónde están los socorristas? —preguntó la maestra.

—Se han marchado.

Pancheta no se lo pensó dos veces, salió disparada y se encaminó hacia el río. Entonces, pudo ver cómo Martín y Alberto eran arrastrados por las aguas sin que pudieran hacer nada por evitarlo.

Necesitaban ayuda, pero ninguno de ellos era tan buen nadador como para desafiar la bravura del río.

«¡Ya lo sé!», pensó Pancheta, y echó a correr hacia la cabaña.

Montó en su escoba, dijo las palabras mágicas y, en un abrir y cerrar de ojos, alzó el vuelo. Sin perder ni un segundo, regresó al río.

Se acercó al agua y, usando sus poderes, ayudó a Martín y a Alberto a subir a la escoba. Aunque el peso era muy grande, Pancheta supo dominar la escoba y llevarlos hasta tierra firme.

Sus compañeros los recibieron con gritos de ánimo y aplausos. Habían pasado un buen susto pero, gracias a Pancheta, todo se había solucionado. Más que nunca, se sentían afortunados por tener a una bruja en el grupo. Isabel se sentía orgullosa de tener una amiga como ella.

—¡Viva Pancheta, la más valiente de todas las brujas! —exclamaban.

Entonces, la pequeña cayó en la cuenta de que había montado en la escoba, de que conservaba sus poderes, de que seguía pensando y sintiendo como antes.

«Aunque no lleve el vestido negro, ni el sombrero de punta, ni los zapatos de hebilla, ni los pelos tiesos como púas, mientras yo lo quiera, seguiré siendo una bruja», se dijo, impresionada con el descubrimiento.

Se sintió tan feliz que hubiera volado inmediatamente hasta su casa para contárselo a sus padres. Pero aún le quedaban dos días para estar en las colonias y deseaba aprovecharlos, al igual que el resto de sus compañeros.

«¡Se lo diré tan pronto llegue a casa!», pensó ilusionada, y convencida de que a sus padres nunca se les había ocurrido una idea semejante.

Autor

Ricardo Alcántara nació en Montevideo, Uruguay, en 1946. En 1970 se instaló en Sao Paulo, Brasil, donde cursó sus estudios de Psicología. Reside en Barcelona desde 1975. Tiene muchísimos libros publicados dirigidos a los jóvenes lectores, también tiene obras de teatro y guiones para series de dibujos animados. Sus obras han merecido importantes premios literarios como el Lazarillo o el Apel·les Mestres.

Ilustrador

Gustavo Ariel, Gusti, nació en Buenos Aires, Argentina, en 1963. Lo del dibujo le viene desde muy niño. Cuando creció un poquito, se presentó en una agencia de publicidad con su carpeta y de ahí le derivaron a una de dibujos animados, donde fue contratado y aprendió los secretos de la animación. De Buenos Aires, un día voló a París, luego a Madrid, y finalmente, a Barcelona, donde reside actualmente. Es amante del cine, en especial de las pelis de terror, y le encanta la televisión. Dice que dibuja para los niños porque es un niño.